CUENTO DE DOS CORAZONES

Alek Ristow

8E3A8 Publishing

PRÓLOGO

Constantemente leo a mis hijas cuando puedo y me di cuenta de que están más atraídas por la historia que por las imágenes del libro. Entonces, ¿por qué no escribir libros diseñados exactamente para niños que disfrutan del cuento, siendo las imágenes solo un segundo pensamiento?

"Cuento de dos corazones" es uno de los cinco cuentos que hice. No solo para que a sus hijos les transmitan un mensaje sutil pero importante, sino también para que los adultos tengan algo diferente para leer a su familia y de igual forma se entretengan.

CUENTO DE DOS CORAZONES

por Alek Ristow

É rase una vez, no hace mucho tiempo, en una pequeña ciudad, vivían dos hermanas llamadas Claire y Aideen. Las niñas eran muy cercanas en edad, tanto que de vez en cuando se llamaban entre ellas gemelas.

Claire y Aideen jugaban juntas, se vestían juntas y comían juntas. ¡Incluso dormían juntas en una recámara digna de una princesa!

Pero eso no fue todo. Claire y Aideen se parecían, hablaban igual, se vestían igual, comían y bebían las mismas cosas. Se comportaban de manera tan similar que incluso mamá y papá tuvieron problemas para diferenciarlas.

Un día, mientras veían una película sobre una princesa mágica nacida unida a su gemela, Claire tuvo una idea brillante.
"¿No sería maravilloso si fuéramos una?"

Aideen inclinó la cabeza y masticó pensativamente el extremo de su paleta.

"¿Quieres decir que en lugar de ser hermanas, podríamos ser como las princesas de las hadas?"

Claire asintió y rebotó en su cojín, emocionada, "¿¡No sería maravilloso!?

Podríamos hacer todo como una, no solo al mismo tiempo. ¡Podríamos ser incluso más increíbles de lo que ya somos! "

Aideen asintió con la cabeza, imaginando cómo podrían llegar a ideas aún más creativas con sus mentes inteligentes. Podrían vestirse con atuendos aún más lindos, podrían divertirse aún más, ¡y todos las amarían mucho más porque no tendrían que compartir su amor entre ellas dos!

"Eso sería tan asombroso", dijo Aideen soñadoramente.

En la pantalla, las princesas de las hadas encontraron el hechizo que las dividiría en dos princesas separadas.
Durante días después de ver la película, Claire y Aideen solían hablar de lo mucho mejor que sería la vida si fueran una en lugar de dos.

Una noche de verano, poco antes de que comenzaran las clases, Claire, Aideen y sus padres se fueron de campamento. Esa noche, mientras estaban sentadas bajo las estrellas, sucedió algo mágico.

"¡Claire, mira!" Aideen señaló al cielo.
Claire acezó y sus ojos se agrandaron cuando vio una estrella fugaz.

Como si leyeran las mentes de entre ellas, las hermanas se miraron, sonrieron y se tomaron de las manos. Como una, miraron hacia atrás a la estrella fugaz y dijeron: "Deseo ser una con mi hermana".

No pasó nada y la estrella fugaz se perdió de

vista. Sintiéndose un poco decepcionadas, Claire y Aideen se metieron en su Sleeping bag y se fueron a dormir.

Pero mientras dormían, un suave resplandor llenó su tienda. Cuando la luz se desvaneció, una hermosa hada vestida con un vestido azul cielo con alas que brillaban como las estrellas estaba dentro de la tienda.

La hada tocó con el dedo índice la frente de las niñas y murmuró: "Su deseo está concedido".

Un destello de luz llenó la tienda. Cuando se apagó la luz, en lugar de dos niñas durmiendo separadas, solo había una niña, durmiendo tranquilamente como si nada significativo hubiera pasado.

A la mañana siguiente, se escucharon voces fuera de la tienda.

"Claire Aideen", llamó mamá. "¡Es hora de despertar bella durmiente o te perderás toda la diversión que hemos planeado para hoy!"

La niña abrió los ojos y respiraba fuertemente en asombro mientras miraba sus dos manos, dos piernas, dos pies y solo una cabeza.

"¡Sí, funcionó! ¡La estrella fugaz me concedió mi deseo!" Dijo Claire Aideen, saliendo corriendo de la tienda.

En su mente, las dos voces distintas de Claire y Aideen se animaron y felicitaron mutuamente. ¡Este fue el día más feliz de sus vidas!
A partir de ese día, Claire y Aideen vivieron como una. ¡La mejor parte fue que nadie recordaba que habían sido dos chicas!

Cuando comenzó la escuela, Claire Aideen pronto se ganó la reputación de ser la chica más inteligente de la clase.

Aprendió rápidamente cosas nuevas y tenía una memoria infinita y una sed de conocimiento. No solo eso, sino que era excelente en los deportes, carreras e incluso en gimnasia y ballet.

"Claire Aideen, ¿cómo haces eso?" preguntaron sus amigas, viendo como la niña resolvía un problema de matemáticas en segundos.

"Tengo una personita susurrando todas las respuestas en mi cabeza", bromeó Claire Aideen.

Poco sabían los niños que hablaba justamente la verdad. Mientras que en el exterior, Claire Aideen parecía una niña normal, dentro de su cabeza, las hermanas mantuvieron sus identidades.

Pero en poco tiempo, las chicas comenzaron a enfrentar obstáculos que no podían superar.

"¡Tenemos que ir al ballet!" Aideen protestó.
"¡No, los campeonatos de gimnasia!" Exigió Claire.

Cada niña tenía su favorito, pero desafortunadamente, tanto el recital de ballet como las competencias de gimnasia cayeron el mismo día en horarios superpuestos.

"Lo tengo", dijo Aideen de repente. "Si nos clasificamos para la final de las competencias de gimnasia, nos quedaremos; de lo contrario, iremos al recital ".
Claire lo pensó y finalmente estuvo de acuerdo.

Claire Aideen navegó a través de las rondas clasificatorias en la competencia de gimnasia y ganó un lugar en las semifinales. Su flexibilidad, agilidad, equilibrio y filo obtuvieron sus mejores calificaciones en todas las disciplinas.

Claire estaba emocionada, pero sus ojos seguían mirando el reloj.

Aideen no podía dejar de pensar en el recital. Más que nada, quería ser bailarina. Disfrutaba de la gimnasia, pero no era su sueño ser campeona olímpica; ese era el sueño de Claire.

Cuando le llegó el turno a Claire Aideen de realizar sus ejercicios de suelo en las semifinales, no consiguió mantener su aterrizaje en una caída. Ella tropezó y sus movimientos fueron torpes. A menudo, no podía sincronizarse con la música y obtenía calificaciones mucho más bajas.

"Lo hiciste a propósito", protestó Claire.

"No lo hice; ¡No sé qué pasó! " Aideen dijo, pero en el fondo, se alegraba de que no pasaran a la final.

Claire Aideen se dirigió rápidamente al recital, en su turno, dio vueltas, saltó y se movió por el escenario como una verdadera princesa de hadas. Pero cuando llegó el momento de la gran final, no pudo seguir el ritmo de las otras chicas, y cuando estaba en el centro de atención, ¡perdió el equilibrio y cayó justo frente a todos!

"¡Eso fue todo tu culpa!" Aideen lloró cuando Claire Aideen se fue a casa con un tobillo torcido.

"No fui yo; ¡la luz era demasiado brillante! " Protestó Claire.

Desde entonces Claire y Aideen continuaron discutiendo sobre todo. Querían ser reconocidas por sus talentos y logros individuales, pero ¿cómo podrían hacerlo cuando todos la veían como Claire Aideen, y no como dos personas diferentes?

Se destacaron tanto en sus campos que su horario era difícil de mantener incluso para sus padres.
"Claire Aideen, cariño, no podemos seguir corriendo por toda la ciudad para tus actividades

después de la escuela y otras relacionadas con la escuela", dijo su dulce y hermosa mamá una noche durante la cena.

"Lo sentimos, pero tendrás que elegir las actividades que más disfrutes y dejar el resto", agregó su apuesto papá.

"¡No, no puedo hacer eso!" Claire Aideen protestó.

"Oh, si solo fuéramos dos en lugar de una, podríamos estar en diferentes lugares al mismo tiempo", dijo Claire con nostalgia esa noche.

"Quizás este deseo no fue el más grande después de todo", estuvo de acuerdo Aideen.

Claire asintió, recordando lo felices que eran como hermanas. Nunca discutían y disfrutaban de todas las cosas que hacían juntas, así como individualmente. Pero ahora no tenían otra opción.

"¿Qué vamos a hacer?" Preguntó Claire.

Aideen suspiró, "¿Qué se puede hacer? ¿Un deseo

a otra estrella? ¿Y si no funciona?

Pasaron las semanas y las notas de Claire Aideen empezaron a bajar. No estuvo tan atenta en clase y tuvo problemas con la gimnasia y el ballet. No estaba feliz de tener que abandonar el atletismo, las porristas y las niñas exploradoras.

Una clara noche de invierno, Claire Aideen se sentó junto a su ventana, mirando las estrellas, cuando vio algo que se acercaba de la oscuridad como una anilina de luz.
Será eso una...? Ella se preguntó.

Claire y Aideen aprovecharon la oportunidad. Esta era una oportunidad tan buena como cualquier otra para deshacer el terrible deseo.

Claire Aideen cerró los ojos y deseó: "Ojalá fuéramos dos en lugar de una".
Cuando no pasó nada, su corazón se encogió y se

entristeció; se fue a la cama.

Mientras dormía, el hada visitó a Claire Aideen.

"A veces, dos es mejor que una", murmuró el hada y puso dos dedos en la frente de Claire Aideen. Una lluvia de chispas flotó alrededor de la niña, seguida de un destello de luz tan brillante como el sol.

Cuando la luz se desvaneció, Claire y Aideen durmieron una al lado de la otra, con sonrisas en sus rostros.

Cuando se despertaron a la mañana siguiente, estaban de regreso en su tienda en el bosque, como si los últimos meses hubieran sido un sueño. Gritaron, rieron y se abrazaron con alegría.

"¿Fue real?" se preguntaron las hermanas, incapaces de dejar de verse a sí mismas por separado.

En el fondo de sus corazones, sabían que había sido real, por lo que sin duda se miraron a los ojos y susurraron: "Sí".

Claire preguntó: "Prometemos no volver a hacer esto nunca más, ¿verdad?"

Aideen asintió y cruzó dos dedos sobre su corazón, "Estoy totalmente de acuerdo; ¡Me encanta cómo somos! "

Claire se rió, "¡yo también!"

Las chicas se abrazaron con fuerza y, a partir de ese día, estuvieron aún más unidas y más felices que nunca. ¡Se divirtieron el doble. Obtuvieron el doble de amor, lograron el doble de metas y no tuvieron que sacrificar sus actividades después de la escuela que tanto querían participar!

LIBROS DE ESTE AUTOR

Un Deseo De Princesa

Una niña aprende el valor de confiar en si misma

Cuento De Dos Corazones

Hermanas aprenden el valor de ser ellas mismas

Danza De Los Cerezos

Próximamente

Chica En El Espejo

Próximamente

El Corazón De El Rey Jorge

Próximamente

GRACIAS

ACERCA DEL AUTOR

Alek Ristow

Nacido y hermosamente criado en el planeta tierra. Ha sido productor musical, compositor, actor y locutor. Ha subido unas escaleras, ha nadado algunas aguas y ha respirado algunos aires.

Actualmente vive en la Ciudad de México con "La esposa" y "Las niñas" y ocasionalmente juega sóftbol.

Más feliz que no "Un Deseo De Princesa", "Cuento De Dos Corazones", "Danza De Los Cerezos", "Chica En El Espejo" y "El Corazón de el Rey Jorge" representan sus primeros libros para niños.

Instagram: alxlpzmcl
Twitter: @alxlpzmcl
facebook.com/alxlpzmcl

EPÍLOGO

Siete cosas para hacer en este mismo momento:

1. Deja de pensar demasiado las cosas
2. Deja de preocuparte
3. Deja de vivir en el pasado
4. Deja de dudar de ti mism@
5. Deja de intentar hacer felices a todos
6. Deja de decir "debo" y cambialo por "yo decido"
7. Comparte este y consigue otro libro de Alek Ristow